love_bearbear0303

U0164445

 灜霜和其他 285 人都說讚

各位，快從最後一頁取出書中的角色和她的裙子，替她換衣服吧。

＃商務套裝 ＃麗螢 ＃朱古力色系

查看全部留言

灜霜 下一集會有另一個角色，還有更加魔幻的服裝。千萬不要錯過了！

瀰霜 著　　魯賓尼 繪

小精靈裁縫屋

03　朱古力廠長的帽子

角色簡介

繪鈴

設計師

單純樂天，想像力天馬行空。有點小魯莽和丟三漏四，總括而言是個可愛的天然呆！

彩羽

裁縫師

乖巧文靜，做事細心有條理。為人可靠又溫柔，是個治癒人心的存在！

麗螢

(造型師)

古靈精怪，善於欣賞他人。現實
中常常被人忘記，不過在網絡上
卻大受歡迎！

詩織

(編織師)

認真敏銳，做事專注又投入。有
點像貓咪害羞怕生，其實是個純
真可愛的孩子。

目錄

序幕

天馬行空的帽子

這天**晚上**，手作小組的四個女孩子都各自安在家中，做着平常的瑣碎事——麗螢在鏡子面前勤力護膚、彩羽在書櫃旁整理書包，而繪鈴則躺在牀上隨意瀏覽着「IF」。

正當繪鈴被可愛又有趣的小動物短片逗得哈哈大笑時，電話突然響起了視像通話的邀請。

繪鈴看看**通知**，是詩織找她呢！她一按下接聽，便立即傳來詩織興奮不已的詢問：「大家都聽說了嗎？」

只見熒幕畫面分割成四格，原來彩羽和麗螢也在。彩羽看到詩織十分開心，也不禁**雀躍**地問：「發生了什麼好事情嗎？」

Leave

什麼—— 布頓朱古力工廠？

繪鈴聽見了，震驚得連電話也拿不穩，啪噠一聲砸到臉上。顧不得鼻子還在 *疼痛*，她迅速從牀上彈坐起來，不停滑動翻找「IF」的動態牆，懊惱地大叫：「天啊，我竟然錯過了他們的消息！」

四格畫面中，繪鈴和詩織的表情乍驚乍喜，彩羽和麗螢卻一臉 **迷茫**，完全不明白她們在高興些什麼。

麗螢回想了一會，終於有些頭緒地問：「布頓朱古力工廠……是夢想城鎮最知名的那間 **糖果工廠** 嗎？」

經她這麼一説，彩羽也恍然大悟，卻又有點疑

惑地問：「我家也常常買那間糖果工廠的朱古力呢，原來他們開設了『IF』官方帳號✅嗎？」

　　詩織一邊複製相關的連結網址，貼在四人的聊天群組 傳送▶ 過去，一邊回答：「他們早就開設了帳號，只是一直以來都不怎麼更新近況，或許是這樣，很容易一不留神就錯過他們發布的消息。」

　　彩羽按下 連結🔗，正如詩織所說，布頓朱古力工廠的「IF」只有幾幅相片和零星的短片，然而畢竟本來就是街知巷聞的老品牌，即使不常更新，依然擁有上萬名追隨者呢。

　　而最新一則近況，是一張設計得充滿**神秘感**的比賽海報：

布頓朱古力工廠

我是布頓朱古力工廠的廠長布頓。

由於我的招牌帽子實在太殘舊了，現在我誠邀各位夢想城鎮的居民為我設計一頂新帽子，順便為工廠帶來另一番新氣象。期待大家的設計圖，請大家加油！

設計比賽勝出的人或團隊，將可以免費參觀工廠！

看到這個消息，除了早已知情的詩織，其餘三位女孩驚訝得**目瞪口呆**。

　　眾所周知，布頓廠長是一個言行**怪誕**的人，大家都捉摸不到他的想法，因此朱古力工廠的產品才充滿驚喜，大受歡迎。而布頓朱古力工廠同樣神秘，從來不開放給公眾參觀，有幸走進去的人都必須簽下**保密協議**，不能公開廠內佈置。

　　如今居然有機會揭開工廠的神秘面紗，這個獎勵實在太吸引了！

　　四個女孩顯得**躍躍欲試**，只是彩羽思考了一下，將想像到的情況描述出來：「大家都對工廠非常好奇，一定會有很多人參加吧？」

　　看到彩羽莫名其妙**苦惱**起來，麗螢忍不住插話：「放心好了，繪鈴不會在意這種事。」

咦？為什麼要提到繪鈴？

彩羽和詩織好奇地望向繪鈴的那格畫面，沒想到繪鈴已經坐在書桌前，還拿出了畫紙和顏色筆，準備設計**帽子** 了！

詩織有點猶疑地追問：「真的要參加嗎？勝出機會很渺茫啊……」

繪鈴果然**毫不在乎**，興致勃勃地說：「多人參加也挺好啊，熱熱鬧鬧的才有趣嘛！」

彩羽被一言驚醒，重拾微笑起來。有時候的確不應該太着重勝負，玩得開開心心也重要呢！既然是志在參與，那麼**天馬行空**一點也沒關係吧？於是她放膽提議：「那麼，不採用布匹，直接用朱古力做帽子如何？」

　　詩織被彩羽的想法感染，抖擻精神地補充：「還要加上非常華麗的焦糖羽毛🪶！」

　　繪鈴的想像力隨即豐富起來，異想天開地決定：「乾脆設計成脆皮新地筒🍦的形狀吧！」

　　看着大家愈來愈起勁，設計圖愈來愈浮誇怪誕，麗螢反而漸漸替布頓廠長擔憂起來：「我覺得廠長看到這幅設計圖，應該會後悔為什麼要在網絡舉辦全民比賽。」

　　本來平平無奇的晚上，因為天外飛來的一則消息，讓四個女孩隔着電話熒幕熱絡地聊天。她們一時七嘴八舌討論，一時為着提議過於奔放而開懷大笑，直到彩羽的媽媽來提醒差不多要睡覺休息了，大家才依依不捨地結束通話。

　　繪鈴依照比賽指示填好了參加表格，上傳了最終設計圖的 照片 ，便匆匆關燈，鑽進被窩。只是，當她閉上眼睛，腦海浮現的仍然是那幅設計圖，大家的歡笑聲亦彷彿仍猶在耳，她忍不住笑了又笑。

　　真是一頂非常 標奇立異 的朱古力帽子呢！

　　這個晚上，大伙兒都帶着愉快的心情入睡，各自做了 甜美又快樂的 夢 。

第一章

出乎意料的寶果

這天放學，繪鈴、彩羽、麗螢和詩織如常在走廊集合，然後有說有笑地前往家政室。

她們習以為常地取過**打掃用具**，分工合作，很快便將家政室和手作小組活動室打掃得一塵不染。

到今天的**小任務☑**差不多結束時，門外飄來一股甜甜的香氣。

一定是家政老師又將上課剩餘的食材，變出美味的下午茶茶點了！

四個女孩十分期待地推開門，從房間裏伸首張望，果然看到家政老師戴着隔熱手套，從焗爐裏捧出一盤色澤金黃的蛋撻。

家政老師剛好看見她們，於是笑着催促：「今

天我焗了**牛油蛋撻** 呢，快過來嘗嘗吧？記得要先洗手啊。」

繪鈴衝到椅子坐下來，用匙羹舀起一口蛋撻，吹了吹才放進嘴裏，然後滋味無窮地讚歎：「辛勞過後有茶點吃，實在太**幸福** 了！」

當彩羽也打算大快朵頤時，卻看見詩織偷偷瞄向大家，又低頭看看桌子上的茶點，表情有點**坐立不安**。

於是，彩羽主動關心她：「詩織，你怎麼還不吃？是蛋撻太燙口了嗎？」

詩織趕緊搖搖頭，她內心*掙扎*了一會，才鼓起勇氣把最近觀察到的情況說出口：「久不久就有茶點吃的確很幸福，只是⋯⋯」

怎麼最近的小組活動都好像在吃？

　　她是最後一位加入小組的成員，並不清楚手作小組往日的狀況。只見自從**四小天鵝**的訂單完成後不久，小組便一直悠閒地做着一些與手作無關的事，令詩織有點**迷茫**。

　　因為詩織的一句發問，沉醉在美食當中的繪鈴和彩羽才突然**清醒**過來。她們回想一下，近來的活動真的只有——打掃、吃茶點、聊天，然後回家。這種日子實在太輕鬆自在，令人差點忘記了，明明她們是 **手作小組**，而不是下午茶小組啊？

　　麗螢優雅地放下茶杯，直白地說出原因：「沒辦法，誰叫網店沒半個客人。」

　　此話一出，原本愉快又熱鬧的下午茶時光立即變得**死氣沉沉**，好像連熱烘烘的蛋撻也瞬間冷卻。

　　縱使小精靈裁縫屋已經開業了一段時間，可惜依然繞着差不多的**煩惱**打轉。雖然網店曾

經幸運地受到童話人物的青睞，令讚好數字和追隨人數增加不少，不過受歡迎的始終是 **童話人物**，而不是她們這間小小網店。直到後來，除了與童話人物相關的貼圖與短片外，其他衣服始終沒什麼**人氣**。

繪鈴欲哭無淚，她做了個懇求的手勢，望向麗螢說：「要不然……」

還未說完，麗螢已經遞上報價單，**斬釘截鐵**地說：「如果想用我模特兒身分來宣傳的話，費用是這個。」

詩織仔細一看那個數字，嚇得難以置信地驚叫：「就算半價，也不是小學生負擔得來的**費用**啊！」

　　彩羽連忙出言安慰：「現在能力範圍內做到的事，我們都已經做了，只要耐心等待，總會出現懂得**欣賞**我們作品的客人。」

　　繪鈴咬着匙羹，悶悶不樂地嘆息：「話雖如此，可是我還真想當一回**膾炙**人口的網絡名人，這樣就不用煩惱人氣問題了⋯⋯」

　　畢竟大家都非常認真地經營着**小精靈裁縫屋**——繪鈴負責設計、彩羽負責縫紉、詩織負責製作配件和飾物，還有麗螢負責造型與拍攝，「IF」上每一幅圖片都是四個女孩一起**努力的成果**——這讓繪鈴更加希望大家的努力會被多點人看見，可惜她已經想不出還有什麼好方法來吸引顧客了。

再說，難得為網店取了個那麼可愛的名字，卻沒什麼人知道，同樣很浪費呢！

麗螢卻慎重地提醒繪鈴：「成為 網絡名人 也不是一件輕鬆的事啊。」

對了，麗螢正正就是「IF」最受歡迎的小學生模特兒！然而看着她優雅地舉起茶杯，看起來她的生活並沒有什麼與眾不同，和其他女孩一樣上學下課吃茶點，為什麼麗螢會這麼說呢？

繪鈴內心有一點點疑惑，只是此刻沒心情追問下去。

這天的小組活動就在這樣滿懷心事之下結束了。

詩織沒想到這個由她帶起的話題，會害大家

那麼沮喪。她一直想要安慰大家，可惜實在不善辭令，直到大伙兒走到校門前互相**揮手**道別，詩織想了又想仍然不知道該說些什麼，只能踏着依依不捨的步伐回家。

　　離開學校，繪鈴便習慣拿出電話，關掉靜音功能，沒想到她才按下鍵鈕，她的電話便**叮叮咚咚**響個不停。

　　繪鈴嚇得有點手足無措，彩羽好奇地瞄了一眼電話熒幕，不由得大聲**呼叫**：「麗螢、詩織！你們快看看——」

　　麗螢和詩織此時還沒走多遠，她們回頭便看到彩羽舉起自己的電話示意，於是也各自拿出電話。

當她們低頭一看，立刻變得和繪鈴一樣**方寸大亂**，三步併兩步地跑回來。四位女孩再次集合在一起，四部電話不約而同一起遞出，四個熒幕全都不可思議地顯示相同的畫面——

小精靈裁縫屋的讚好數字和追隨人數忽然之間**暴漲**了！

繪鈴望向其餘三位女孩，心有餘悸地問：「我的確有說過想要成為網絡名人，可是……我還什麼都沒做啊？」

正當大家**茫無頭緒**，「IF」突然傳來共同直播的邀請，而那個邀請人竟然、竟然是——

「小精靈裁縫屋，恭喜你們！」

繪鈴鼓起**勇氣**接受邀請，熒幕隨即出現一

位戴着舊帽子，穿著風格有點怪誕的先生，正在用最熱烈的掌聲以示祝賀——

是布頓廠長！

超乎想像的事情一件又一件接踵而至，布頓朱古力工廠居然主動邀請她們在「IF」 **共同直播**，究竟怎麼回事呢？

布頓廠長看着畫面中非常**錯愕**的四個小女孩，於是加以說明：「你們設計的帽子，在眾多參賽作品中**脫穎而出**，請問你們現在心情如何？」

不只布頓廠長浮誇地訪問，他身後還有小矮人在唱歌跳舞，而直播畫面更有大量湧現的留言，一大堆**心心**也不斷飄升。

信息量實在太大了，彩羽只感到眼花繚亂，聽到對方的讚賞便一貫禮貌地回應：「咦，謝謝……」

布頓廠長沒有讓她們再多説幾句，便立即對着鏡頭揮揮手道別：「 比賽結果 就此公布完畢了，再一次恭喜四位勝出了朱古力工廠舉辦的帽子設計比賽！參觀工廠的詳情待會再與你們聯絡，期待你們大駕光臨！」

突如其來的直播，突如其來地結束了。

繪鈴、彩羽、麗螢和詩織就這樣呆站在校門外好久，彷彿置身在一場輕飄飄的白日夢之中。

詩織率先回過神來，半信半疑地開口確認：

「剛剛那位……真的是布頓廠長嗎？」

麗螢捧着雙頰，非常**憧憬**地説：「那麼怪誕的行事作風，世上恐怕不會有第二位了。」

詩織忍不住再問：「他説……我們設計的**帽子**勝出了？」

彩羽半掩嘴巴，有點驚訝地反問：「莫非，就是那晚臨睡前**鬧着玩**設計的那頂朱古力帽子？」

這個時候，繪鈴飛撲過去，用力抱住了詩織，興奮地説：「還好詩織告訴我們這個比賽，這次我們真的一舉成名，還可以參觀**朱古力工廠**啦！」

彩羽、麗螢和詩織看到繪鈴燦爛如陽光的笑

臉，終於確信剛才遇上的所有好事全都**千真**
萬確。

　　彩羽興高采烈地加入抱抱，麗螢也伸手摸摸
詩織的頭。

　　不久之前，詩織還在悄悄煩惱要怎麼鼓勵大
家，如今在大家**溫暖**的懷抱裏，煩惱隨即一掃
而空。

　　詩織同樣綻放出大大的笑臉，和繪鈴一起快
樂得**手舞足蹈**。

第二章

神秘朱古力工廠

最**期待**的日子終於來臨了！

今天是布頓朱古力工廠參觀日，自從公布小精靈裁縫屋獲獎之後，繪鈴、彩羽、麗螢和詩織便一直期待着這一天。明明期待已久，現在詩織和麗螢在約定地點等了又等，在聊天群組**催促**了好幾次，這才終於看到繪鈴和彩羽匆匆忙忙跑過來。

詩織鼓着腮不滿地抱怨：「昨晚不是說好要早點休息嗎？怎麼還是起不了牀，遲到了啊？」

繪鈴**尷尬**地抓抓頭，和大家道歉：「正正因為太期待了，所以興奮得睡不着，還好有彩羽來拍門叫醒我。對不起，我請你們吃點心消消氣好嗎？我帶了**朱古力**呢！」

彩羽手上早已拿着 **賠罪** 的朱古力，哭笑不得地説：「剛剛太趕時間忘了問你，為什麼帶着朱古力，我們現在就要去朱古力工廠呀？説不定有很多新款朱古力可以免費試吃呢。」

繪鈴和詩織聽見了，兩對眼睛立即 **閃閃發亮** ，口水都快要流出來了。麗螢冷不防站在她們背後，提及一個 **恐怖傳聞** ：「我在網上聽説過，如果亂吃工廠裏的東西，會有可怕的懲罰啊。」

明明是烈日當空的大白天，繪鈴和詩織卻感到有一股 **寒風** 吹過。

詩織強裝鎮定地反駁：「胡……胡説的吧？進入工廠內的人都必須簽下『**保密協議**』……」

麗螢沒有否認她的懷疑，點點頭説：「對，所以傳聞有可能是假的，也有可能是真的，畢竟從來沒有人能夠證實。」

説着説着，四位女孩不知不覺來到布頓朱古力工廠。她們抬頭仰望，映入眼簾的是一堵用水泥建成，非常、非常高的灰色圍牆，嚴嚴密密地包圍着工廠。任憑她們努力張望和窺探，依然完全看不見工廠本身。

工廠早就派出小矮人前來迎接了。小矮人首先每人派一張「保密協議書」給她們簽下，然後嚴肅地指指大閘門前的告示牌，再三叮嚀：「不准使用錄影設備，不准使用航拍工具，大家都清楚明白的話，現在就開門進去囉。」

　　麗螢牽起一抹**惡作劇**的笑容，聲線陰沉地繼續說：「待會在工廠內，你們千萬不要在未經允許的情況下偷吃，不然會被懲罰啊。」

　　究竟會是什麼樣的**懲罰**？萬一不小心做錯事的話……繪鈴和詩織看着面前密不透風的大閘門，想起剛才麗螢的說話，緊張得拉住了彩羽的衣袖。

　　彩羽不知是在安撫自己，還是安撫她們，按着**怦怦亂跳**的心臟說：「不用太擔心，只要做個有禮貌的孩子，別不問自取就可以了。」

　　圍牆的背後，究竟藏着什麼**風光**呢？大閘門只推開一個小狹縫，恰好給四位個子小小的女孩和小矮人通過。她們**提心吊膽**地跨過門

檻，一座整潔又典雅的大洋房便屹立其中。一條 **紅磚** 小徑由她們腳下一直曲折伸延到大洋房去，小徑兩旁則是一大片色彩繽紛的花叢，風一吹，甜甜的花香撲鼻而來。

身處猶如童話般的 *夢幻景色*，令繪鈴、彩羽和詩織渾然忘記剛才對工廠的可怕想像，到處東張西望，**嘖嘖**稱**奇**。

小矮人帶着手作小組的女孩們來到一張花園長椅前，只見布頓廠長坐在長椅上，渾然忘我地盯着電話**傻笑**，身後有一群小矮人正在唱着即興創作的歌：

沉迷網絡的布頓廠長——失禮了，好失禮！

　　或許是小矮人吵吵鬧鬧，布頓廠長終於回過神來，才發現今天的★貴賓★已經來到了。

　　布頓廠長趕緊收起電話，彬彬有禮地立正打招呼：「歡迎『小精靈裁縫屋』的各位！多得你們，我的工廠好像在網絡上成為熱話，追隨者更是由五萬個增加到十萬個了！」

　　彩羽連忙謙虛地否認：「跟我們沒太大關係，布頓朱古力工廠的糖果本來就廣受歡迎啊。」

　　繪鈴則有點尷尬地説：「何況那頂帽子，我們當初只是鬧着玩，志在參與……」

　　布頓廠長反而激昂地讚歎：「我就是喜歡你們自由奔放，無拘無束的創意！來吧，今天由我來做各位的導遊，帶領大家參觀工廠！」

經布頓廠長介紹，她們才得知這個 🌸**花園**的花都是朱古力花和砂糖花，小矮人們正在勤勤勉勉地把 🌸**花朵**修剪下來，滿滿的一車運載到大洋房。接着，她們走進大洋房，便見小矮人來到一座很高很高的機器面前，小心翼翼將花朵倒進去。機器轟隆隆的運作，噴出的煙霧都被小矮人收集成**棉花糖** 🍥，而融化了的朱古力花則成了一條香噴噴的河流，緩緩流向各個不同的**糖果工房** 🏠🏠🏠，有的製作成軟糖，有的成了夾心餅乾。

突然間，詩織看到其中一個工房的櫥窗內，小矮人正在製作一款她從來未見過的朱古力。詩織忍不住好奇心，焦急地指着**櫥窗** 🪟問：

「廠長先生，這款朱古力是最新產品嗎？」

布頓廠長點點頭承認，率先和大家介紹：「這是**限定版**朱古力，預定會在近期推出。」

繪鈴一聽到是限定版，立即擦擦口水，滿心期待地追問：「我們可以搶先**試食**嗎？」

布頓廠長倒是搖搖頭拒絕：「不行呢，目前還在研發階段，那種半吊子的產品不能給人品嘗。不過，今天你們可以免費吃工廠內的糖果啊！」

他說完，原本**空無**一物的雙手忽然變出了一堆朱古力，送給手作小組的女孩們。雖然沒辦法吃到限定版，可是繪鈴和詩織看到那麼精彩又美味的**魔術**，都禁不住高呼謝謝，即場拆開了包裝紙。

正當詩織打算**大快朵頤**時，她又想起了麗螢的話，隨即失去了食慾，怯怯地問：「聽……聽説亂吃工廠裏的東西，會有可怕的懲罰，是真的嗎？」

布頓廠長**故弄玄虛**地説：「呵呵呵，説得沒錯呢，不聽話的孩子都會得到懲罰啊。」

繪鈴已經咬了一口朱古力，聽到布頓廠長這番話，嚇得**進退兩難**，不知應該吐出來還是吞下去。

沒想到布頓廠長接着説：「那個可怕的懲罰就是——**蛀牙了！**因為我工廠製作出來的糖果實在太好吃，很多人來到工廠也吃到停不了嘴，勸也勸不住，結果第二天就蛀牙啦！」

原來只是蛀牙而已，還以為會有多**怪誕**的懲罰呢……白白蒙受驚嚇的三位女孩隨即望向麗螢，麗螢已經忍笑了好久，忍得捧着肚子，滿臉通紅。

此時布頓廠長忽然想起了什麼，再多加 **叮嚀**：「更何況你們接下來的一段日子也需要定時過來工廠，不要着急今天就吃壞肚子啊。」

四個女孩不約而同，疑惑地**眨眨**眼睛。

定時過來工廠？

布頓廠長彈指一下，就有小矮人迅速跑來，灑下**漫天彩紙**，更將背後的一幅布幕拉下來──原來是一所新的朱古力製作工房，內裏工具和設備一應俱全。

廠長充滿**熱情**地邀請：「我們來一起將朱古力帽子成真吧？」

麗螢默默收回當晚的發言，由衷地驚訝：「沒想到廠長先生會那麼喜歡這頂**帽子**。」

詩織似乎被上次突如其來的**直播**嚇怕了，因此預先提問：「這次也會在『IF』直播公布製成品嗎？」

布頓廠長一臉**理所當然**地回答：「當然啊！現在幾乎整個『IF』都在熱烈討論，朱古力工廠的人氣暴升，實在太令人振奮了！」

繪鈴一想到小精靈裁縫屋也在這段時間獲得不少人氣和關注，立即表示認同：「對吧？會有種想要奮鬥一番的**衝勁**呢！」

布頓廠長用力點頭，十分期待說：「沒錯，假如設計成真，絕對會掀起另一波**熱潮**！」

彩羽反而有點後悔當初的提議，擔心地問：「可是用朱古力代替布材，真的能實現嗎？」

　　繪鈴躍躍欲試地說：「這不是很**有趣**嗎？雖然我們的活動室也在家政室裏頭，可是沒有那麼多朱古力和專業用具給我們嘗試製作！」

　　布頓廠長**胸有成竹**地鼓勵：「我就是喜歡將不可能化成可能，所以工廠生產的糖果才能保持驚喜和新穎。這段時間我會全力協助你們，一起加油吧！」

　　彩羽、麗螢和詩織看到布頓廠長和繪鈴**熱血擊掌**，的確能夠與知名的布頓朱古力工廠合作，是個千載難逢的機會呢。想到這裏，她們也雄心壯志地捲起手袖，準備迎接這個像朱古力一樣充滿變化和驚喜的**挑戰**。

　　這個時候，小矮人們搖晃着啦啦球為大伙兒

打氣，並唱起即興創作的歌：

第三章

精靈屋人氣急升

平凡的日子變得 **忙 碌** 起來了。

　　朱古力帽子的製作過程並不簡單，例如普通的布與針線，只要拆開出錯的部分重新縫紉就好，然而朱古力黏錯了，就只能整個重新製作一遍。加上材料又是 **朱古力** 和 **糖果** ，存放不佳便可能融化或碎裂，因此即使是細微瑣碎的配件也無法帶回家趕工。

　　這段時間，除了麗螢身兼模特兒工作而偶爾 **缺席** 外，手作小組的女孩們幾乎每天放學便馬不停蹄趕到朱古力工廠製作帽子。

　　雖然過程頗為辛勞，不過當大家齊心協力，將那頂 **夢幻** 朱古力帽子逐少逐少拼湊完整時，大伙兒仍然感到無比滿足。

現在，詩織在大家的注視下，將一顆**馬卡龍**沾上朱古力漿，屏氣凝神地放到帽子上。

她輕輕放開鉗子，小心翼翼地退開，眼看帽子上的裝飾物都完完好好沒有掉落，這才敢鬆一口氣，正式向大家宣布：

「朱古力帽子——大功告成了！」

四個女孩抱在一起歡呼，小矮人們也手拉手走進工房，唱着即興創作的歌：

屢試屢敗——屢敗屢試！
怪誕又華麗的
朱古力帽子完成啦——

　　布頓廠長環繞着帽子欣賞了一圈又一圈，最後感動得熱淚盈眶地説：「謝謝大家令我 **夢想成真** ，真是急不及待給更多人看見這個傑作！我現在馬上來直播——」

　　猶如表演魔術般，整個工房在他彈指之間，忽然就裝飾成直播用的 **華麗房間** 了。不一會，小矮人已經調整好燈光和電話，一切準備就緒。

　　突然要面對鏡頭和觀眾，只有麗螢還算淡定，繪鈴、彩羽和詩織緊張得 **手足無措** 。她們不約而同地想：觀眾看到帽子的成品時，會有什麼反應呢？是讚賞還是批評？

　　麗螢望向身邊的伙伴，忽然這麼説：「待會無論別人説什麼，只要回答 **那條橋** 的名字就可以了。」

繪鈴、彩羽和詩織互望了一眼，顯然**不知道**答案，異口同聲地問：「什麼橋？」

麗螢**一本正經**地回答：「當然是 Thank you。」

繪鈴一下子被逗笑了，彩羽和詩織則一臉無奈，緊張的心情全都被這個諧音**冷笑話**冰封起來。

與此同時，直播開始了，不消片刻已有上千人湧進直播室，希望搶先一睹朱古力帽子的風采，留言更如**浪潮**般湧現，根本來不及看清。

布頓廠長對着鏡頭鞠躬，彬彬有禮地打招呼：「今天的直播除了我，還有『**小精靈裁縫屋**』四位小女孩，來和大家打個招呼

吧？」

繪鈴還沒來得及細想，便揚聲説：「我……我是『小精靈裁縫屋』的繪鈴！然後，嗚──」然後她竟然咬到**舌頭**了！

詩織嚇了一跳，慌慌張張地幫忙接續説：「那幅看起來*不可能實現*的帽子設計圖，我們做到了！」

布頓廠長衷心地稱讚：「沒錯，可別小看她們只是小學生，我非常欣賞她們的努力不懈，還有不被現實束縛的**創意**！」

後來，手作小組的女孩們再也沒有機會發言了。布頓廠長**長篇大論**講了很久，最後才激昂又感慨地宣布：「由我成為廠長算起，這頂帽

子已經戴了很多年，是時候讓它休息，也是時候讓我換個新形象了，所以今天就請各位見證**新舊帽子**的交替吧！」

他一說完，小矮人翻開鏡頭前的銀製餐盤蓋，朱古力帽子在燈光下 *閃閃生輝*，直播畫面上的愛心符號一直無間斷地飛出來。

布頓廠長脫下原本那頂 *殘殘破破* 的帽子，帶上風格鮮明活潑的朱古力帽子後，整個人也隨之充滿活力。

不久之後，整個直播便在 **有驚無險** 之下結束了。

繪鈴、彩羽、麗螢和詩織在小矮人們和布頓廠長的熱情 **歡送** 下，離開了布頓朱古力工廠。

　　她們一邊走往車站，一邊回味着這段時間所發生的一切。

　　雖然整個過程十分有趣，不過有件事讓繪鈴覺得小小的遺憾，她惋惜地說：「可惜我們最後也來不及穿上甜品師服飾呢。」

　　當手作小組答應製作朱古力帽子後，繪鈴當晚便特別設計了一系列非常可愛的甜品師服飾，沒想到一頂帽子足以令她們忙得不可開交，最終草圖就這樣貼在學校活動室的白板上，無暇兼顧。

　　彩羽伸伸懶腰，忙碌過後心情相當輕鬆，愉快地說：「沒關係，帽子已經完成了，接下來我們就有空閒可以縫製了啊。」

麗螢靈光一閃地提議：「還可以直接在家政室**拍照 📷**。」

詩織一開始十分期待，然而想了一想，又身心疲累地要求：「只要不用朱古力就好，這段時間每天都是朱古力，就連**做夢**也是，我已經膩了！」

其餘女孩聽見了，忍不住哈哈大笑。

她們有說有笑地踏上回家的路，完全沒想到接下來的日子，竟然比製作朱古力帽子的時候更**忙碌**。

直播當天她們雖然沒怎麼說話，可是大家也知道小精靈裁縫屋這間小小的網店，還替網店取了「精靈屋」這個**可愛**的簡稱。小精靈裁縫

屋現在和布頓朱古力工廠一樣，因為一頂朱古力帽子成為了整個「IF」的熱門話題，被熱烈關注和討論。

原本寂寂無名的小小網店**人氣急升**，客人一下子變多了，精靈屋的女孩們每天幾乎都在活動室忙個不停，有時候甚至家政老師準備的下午茶**點心**，也因為她們一直忙東忙西而忘掉，最終放進雪櫃後誰也沒吃上半口。

人氣所帶來的轉變，除了令大家變得忙碌不已，就是客人的喜好也變得**翻天覆地**。例如說，一些足以媲美朱古力帽子那般天馬行空的設計，過往一直乏人問津，如今忽然變成最為備受注目，不少留言表示**稱讚**：

看着這些讚不絕口的留言，繪鈴十分感動地說：「我還以為這輩子也沒有人懂得 *欣賞* 這些設計，沒想到會有那麼多人喜歡！」

　　麗螢忍不住挖苦她：「你這輩子還沒有活多久吧？不要說到自己像九十歲的 **老婆婆** 一樣啊，九歲的繪鈴同學。」

　　彩羽聽見她們在 ，也決定休息一會，加入話題：「雖然這陣子很忙碌，不過怎麼說……

動力滿滿呢！」

繪鈴舉起手臂，充滿**幹勁**地説：「這就是人氣帶來的好處吧？受到的歡迎和讚賞，會成為進步和堅持的 **推動力**！接下來我要設計出更多衣服才行，可不能令大家失望呢！」

這時，電話忽然收到了通知，繪鈴好奇一看，立即向大家**報告**：「是布頓廠長的私訊呢！」

詩織有點擔心地問：「難道是朱古力帽子出了什麼問題？」

她的擔心並非不可能，因此繪鈴飛快地打開私訊匣，原來是布頓廠長的 **邀 請**：

精靈屋的女孩們，百忙中打擾了！

自從我擁有了這頂朱古力帽子，工廠的人氣

一直上升，整個「IF」鋪天蓋地都是工廠的消息，追隨者已經增加到十五萬個了，朱古力的銷量也更勝從前！我希望再創話題高峰，所以誠邀你們再次和我合作——

　　這次，你們能為我設計一套朱古力服裝嗎？

　　看完整個邀請，彩羽**鬆一口氣**=◯地說：「看來沒有發生不好的事呢！」

　　繪鈴抱着詩織，非常雀躍地說：「而且是好事啊！要是這次也做出令廠長非常喜歡的**衣服**，然後再次直播，精靈屋的受歡迎程度一定更上一層樓啊！」

　　詩織原本也想**附和**，然而始終擠不出笑容，悶悶不樂地說：「精靈屋現在變得很受歡迎，我也

很開心，是真的啊！可是不知為什麼，我總覺得有點**不對勁**⋯⋯」

麗螢來到詩織身後，將手放在她的頭上，模仿貓咪的耳朵，半開玩笑地問：

難道是貓咪的預感？

詩織倒是認真地**煩惱**：「究竟哪裏不對勁，我想了好久也説不清⋯⋯」

彩羽溫柔地説：「可能是太累了，反正差不多時候要準備**回家**，今天我們早點收拾吧？」

今天大家一致決定早點回家休息，唯獨晚上彩羽準備關燈睡覺時，不自覺拉開**窗簾**，偷偷望向窗外。

果然，繪鈴的房間仍然**亮着燈**呢。

彩羽有點擔心，但她明白繪鈴個性，因此只拿起電話，傳送了一句關心：「不要畫太晚啊。」

訊息傳送出去後，彩羽再抬頭望，只見原本專心一致在書桌前**畫畫**的繪鈴拿起電話望了一眼，便注意到站在窗邊的彩羽。

　　繪鈴沒有回覆訊息，而是對着 窗戶 朝她揮揮手，又豎起拇指表示沒問題，接着才低頭繼續畫畫。

　　最後，彩羽關上燈，拉上 窗簾 前又忍不住再偷望一眼，對面的窗戶仍舊映着帶點淺黃色的燈光，默默 照亮 繪鈴獨個兒全力以赴的身影。

　　繪鈴努力不懈地設計朱古力套裝，沒多久設計圖便 誕生 了。

　　精靈屋的女孩們將設計圖傳送給布頓廠長，這次並不是比賽，因此她們也細心地照顧客人的想法，詢問有沒有需要 修改 的地方。

　　沒想到布頓廠長只回覆了一句：「什麼款式都可以，最重要是什麼時候能完成？我希望趁這一波

熱潮，將追隨者一口氣增加到五十萬個！」

女孩們雀躍又期待的心情，一下子**蕩然**無存。

詩織鼓起腮幫子，忿忿不平地說：「什麼款式都可以的話，繪鈴那麼努力還有什麼意義啊！」

繪鈴**悵然若失**了一下，很快便振作起來，反過來安慰大家：「什麼時候能完成的確很重要呢，畢竟熱潮過了的話，就很難再維持討論度。」

彩羽嘗試接納這種想法，可惜終究還是覺得布頓廠長的話有點**失禮**，擔憂地追問繪鈴：「這樣真的好嗎？你不會失落嗎？」

繪鈴點點頭表示沒問題，同時**樂觀**地說：「說不定因為信任我們，才對款式沒意見，我還

記得他收到帽子的時候，開心得 手 舞 足 蹈 呢。」

　　麗螢眉頭緊皺，尋根究柢地問：「可是這次，究竟布頓廠長是真心欣賞我們的作品，還是只打算滿足**虛榮心**？」

　　繪鈴不想再在這個話題打轉了，連忙催促大家：「至少……至少我們也很喜歡這個設計啊！別只顧閒聊了，我們要趕快到**朱古力工廠**，將套裝製作出來呢！」

　　即使彩羽、麗螢和詩織都滿腹疑慮，可是繪鈴仍然充滿**決心**。正如繪鈴所説，她們也很喜歡這次的朱古力套裝，因此最後還是妥協了，再次展開學校與工廠兩邊**兼顧**的生活。

第四章

人氣如潮的煩惱

　　精靈屋的女孩們已經擁有製作朱古力帽子的經驗，所以這次的**朱古力套裝**很快便完成了。

　　布頓廠長看到朱古力套裝，急不及待地試穿上身，對着**鏡子**左照照右照照，然後驕傲地說：「有了這件朱古力套裝，這次工廠的『IF』追隨人數一定——咦？哇！」

　　唯獨他還未說完，朱古力套裝便開始**融化**了！工廠的小矮人們大吃一驚，慌慌張張繞着布頓廠長清理，又不忘唱着即興創作的歌：

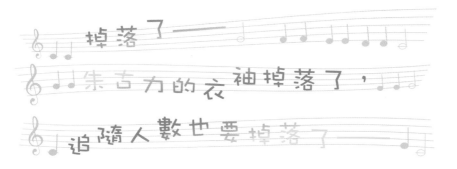

　　詩織看着露出一個個**大洞**的衣服，才恍然想到有個很重要的細節忘掉了，懊惱地説：「人有體溫，我們把朱古力做得太薄，以致融化了。」

　　彩羽趕緊亡羊補牢，試着提議：「這次我們不如做厚一點，那就不會輕易被體溫影響了！」

　　於是，精靈屋的女孩們**兵荒馬亂**地重新調整材料的分量和配方，隔了沒多久，一件全新的朱古力套裝便再次**登場**。

　　這次布頓廠長小心翼翼，他敲了敲朱古力的手袖，聽見沉實的響聲才安心下來。他一邊穿上套裝，一邊**驕傲**地説：「有了這件朱古力套裝，這次工廠的『IF』……」

　　可他這次還沒有説完，便**面有難色**地停

下來。繪鈴緊張兮兮地問：「廠長先生，有哪裏覺得不舒服嗎？」

沒想到布頓廠長居然回答：「是全身——我全身都 動不了 ！」

這次朱古力套裝太厚了，雖然逃過了遇熱融化的命運，可是布頓廠長穿上後，反而動彈不得，寸步難移！

工廠的小矮人們大吃一驚，慌慌張張繞着布頓廠長，把朱古力逐小逐小 敲碎，又不忘唱着即興創作的歌：

動不了——

朱古力的褲子動不了，

讚好數字也動不了

麗螢看到他就像土俑一樣趣怪，忍着笑建議：「當作＊藝術品＊來發表的話，應該會有不少迴響啊。」

布頓廠長被困在朱古力套裝裏，欲哭無淚地大叫：「什麼時候才完成我夢寐以求的衣服啊——」

太薄的話朱古力會融化，太厚的話就無法移動——精靈屋的女孩們當然希望順利完成朱古力套裝，只是事與願違，這次製作徹底被這兩個大難題考倒了，進度一直停滯不前。

這邊廂的難題還未找到答案，那邊廂的煩惱亦漸漸浮現。

這天放學，繪鈴做完值日生的工作才回到活

動室。她打開門的時候，麗螢、彩羽和詩織原本好像在討論什麼，一看到她便**沉默**下來。

　　繪鈴發現大家欲言又止，氣氛很**奇怪**，於是主動追問：「大家今天怎麼了？」

彩羽和詩織互望了一眼，似乎在猶疑要怎麼開口的時候，麗螢直截了當地**坦白**：「我們太忙了，有一段時間沒有留意『IF』──」

詩織立即打斷她的話，**焦慮**地說：「不是說別告訴繪鈴嗎？」

彩羽重重地嘆了口氣，按着詩織的肩膀，失落地勸說：「算了，我覺得她早晚也會知道。」

究竟她們在說什麼呢？繪鈴**大惑不解**，麗螢朝她遞出電話，用詞毫不修飾地說：「精靈屋的追隨人數正在**急跌**。」

繪鈴猶如被雷打中了一樣，焦急地按動電話，嘗試找出人氣下降的原因。她將網店所有的**照片**全看一遍，才發現一些本來比較受歡迎的

設計款式，如今反應多了，即使出現寥寥無幾的留言，幾乎都只有批評：

 Infintasy

灕霜和其他 45 人都說讚

查看全部留言

醋瓶 這個實在太平凡了，一點也不有趣。

jealous_bigboy 是不是設計師江郎才盡了？這裙子好難看啊。

angrybear 給我更多怪誕的設計！誰想看普通的衣服啊！

繪鈴找到了人氣下降的主要原因，隨即信心滿滿地說：「放心，只要我設計更多的款式，人氣就能回來了！」

彩羽擔心地勸說：「我知道你很在意追隨人數，可是不要**勉強**自己啊！」

繪鈴對彩羽豎起拇指，表示沒有問題，然後

馬上握起畫筆，在紙上畫呀畫！，為了滿足更多人的渴求，為了精靈屋成為眾人皆知的網店，她不努力不行呢！

她一直畫呀畫！，網店的照片漸漸被一張又一張浮誇怪誕的設計圖取代，「IF」的追隨人數終於再次上升……

只是，繪鈴的笑容卻反減不增。

活動室的桌子堆滿了握皺的畫紙，快要將繪鈴整個人淹沒了。

彩羽見她最近的樣子總是比苦瓜還要苦，於是用力拍拍手把大家集合過來，笑着建議：「我們好久沒有舉辦下午茶茶會了，一起收拾一下桌面，休息一會吧！」

麗螢走過來，攤開其中一張**廢棄**了的設計圖，好奇地問：「這件是什麼衣服？」

繪鈴望了一眼那張設計圖，便懶洋洋地開口介紹：「是雲朵雨衣，下雨時它會吸走雨水令人保持乾爽，雨衣吸滿了水的話會變**彩虹色**，只要晴天時給它曬太陽就會變回白色。」

詩織聽見了，不禁**眼前一亮**地稱讚：「這件雨衣的設計真是有趣又實用，為什麼不採用啊？」

彩羽也有點詫異地說：「我也覺得這雨衣很好，不用作廢啊。」

繪鈴懊惱地大聲反駁：「你們都不明白……」然而話說到一半，她忽然**察覺**到大家都默默對

她投以**擔憂**的目光，於是她沒有說下去，轉而拿起畫筆和畫簿，說句「算了，我去散個步轉換一下心情。」便打開活動室的門離開了。

繪鈴悶悶不樂地在學校**到處亂逛**，當她來到圖書閣的小書櫃前，靈感便飄來：要是用各種圖書**封面**來製作裙子的話，一定會很有趣！

她滿心歡喜地坐下來，打開畫簿開始畫畫，唯獨畫着畫着，她的笑容漸漸垮下來。

這裙子太**平平無奇**，一點都不夠驚喜呢……繪鈴愈改愈不滿意，於是畫了一半便沒有畫下去，合上了畫簿揚長而去。

接着，繪鈴又來到**園藝區**，看到這裏的

花朵非常繽紛燦爛，她忽發其想，如果穿上如**花束**般的連身裙，一定非常漂亮啊！

於是她坐下來攤開畫簿，唯獨畫着畫着，她又重重嘆了口氣。

她看着畫紙上的裙子，**喃喃自語**地説：「為什麼總是不夠好……」

忽然有一把聲音在頭頂上方響起，帶點不滿地問：「我種的**花朵**很好看呀？你有什麼不滿意了？」

繪鈴回頭一望，見柏朗拿着**澆水壺**，站在長椅後方，原來今天湊巧是柏朗當值呢！

柏朗原本做好準備和繪鈴鬥嘴，沒想到她完全沒有以往的**朝氣**，只嘟着嘴巴默不作聲。

柏朗沒有窮追猛打地捉弄她，而是有點不自然地清清喉嚨，滿不在乎地問：「你怎麼不和手作小組的朋友們一起，獨個兒跑來園藝區畫畫了？」

繪鈴展示畫簿給柏朗看，沮喪地說：「因為我完全畫不好，不想留在活動室害大家擔心我，所以到處找靈感啊⋯⋯」

她早已預備好柏朗會放聲嘲笑，畢竟平日即使是她的信心之作，柏朗也會拿來開玩笑，更何況是現在這些拙作呢？

沒想到柏朗認認真真看了一遍，然後客觀地評價：「因為還沒有顏色，所以我不知道最後成品如何，可是我覺得花束裙子這點子很獨特

啊？」

　　繪鈴用力 *搖頭*，焦急地否定：「完全不夠怪誕，這種衣服上傳到『IF』的話，大家肯定不會喜歡，然後人氣一定會下降啊！」

　　柏朗不明白她的 **執著**，疑惑地問：「難道因為有人喜歡，你就打算這輩子都只設計浮誇怪誕的衣服嗎？」

　　他的問題彷彿是一支 *利箭*，狠狠命中繪鈴的心事。繪鈴迷茫地說：「我不只喜歡浮誇的衣服的，普通的衣服我也很喜歡啊！可是，可是……」

　　要是畫不出怪誕的設計，網店又要回到 **冷冷清清** 的狀態——

　　柏朗難以理解她的憂慮，有點生氣地質問：「為什麼非得**滿足別人**不可？名氣和人氣真的有那麼重要嗎？現在大家都關注你了，可是你一點也不開心，這簡直本末倒置了吧？」

　　柏朗的話再一次**當頭棒喝**，繪鈴最近一直用別人的目光、別人的標準來衡量創作，忽略了自己的心情也很重要。

　　她低頭望向手裏的畫稿，忽然發現，這些設計真的並不如她**想像**中那麼難看。

　　繪鈴將差點就要廢棄的畫稿，珍而重之地緊緊擁在懷內，含着淚後悔地説：「我好像太在乎『IF』的追隨人數，有點被人氣沖昏頭腦，剛才還差點對彩羽她們**發脾氣**了……」

　　柏朗拍拍她的肩膀，沒好氣地笑着說：「網絡的熱潮總是來**來去匆匆**，只要做好自己，一定會有真正欣賞你的人留下來，像是之前的向日葵裙子就很好看啊。」

　　繪鈴眼前一亮，**破涕為笑**地問：「柏朗原來也喜歡那條裙子嗎？」

　　柏朗剎停了動作，原本的笑臉漸漸變得面紅耳赤。他匆匆轉身繼續**澆花**，氣得牙癢癢地大叫：「既……既然振作起來的話就趕快離開，不要總是三不五時跑來園藝區礙着我！」

　　繪鈴只好扁着嘴巴離開，她實在不懂，怎麼忽然又惹柏朗**生氣**了呢？

　　不論如何，繪鈴和柏朗交談過後，她的心情

總算放輕鬆了一點。當繪鈴再次打開活動室的門，想着要為方才的態度**道歉**之際，沒想到彩羽、麗螢和詩織一看見她回來，便馬上拉着她的手，神情看來相當驚訝又緊張。

詩織遞出電話，布頓朱古力工廠竟然正在「IF」上**直播**！

電話熒幕裏，只見布頓廠長高高興興地宣布：「朱古力套裝已經製作**完成**了！」

第五章

朱古力的甜蜜謊言

精靈屋的女孩們**呆**若**木雞**地看着電話，有那麼一刻還以為自己看錯了、聽錯了。朱古力的厚薄問題尚未解決，布頓廠長怎麼忽然就對外 **公布** ——而且還真的把朱古力套裝穿上身，甚至活動自如？

她們百思不得其解，因此決定動身前往布頓朱古力工廠，**一探究竟**。當她們穿過那堵高高的圍牆，便在砂糖花園看見了布頓廠長。布頓廠長的「IF」直播早已經結束了，現在他仍然穿着朱古力套裝，哼着歌在給花朵灑砂糖，看起來心情相當 **愉快** 似的。

精靈屋的女孩們不用猜想也知道他快樂的原因，一定是因為直播過後，「IF」的追隨人數又節

節上升了。想到這裏，她們更**好奇**了，究竟布頓廠長用了什麼方法來克服難題，卻沒有和她們分享呢？

繪鈴隔着花叢，對布頓廠長揮手**打招呼**：「布頓廠長——」

不知為什麼，布頓廠長看到繪鈴，竟然嚇得方寸大亂，不小心把手裏那包砂糖灑了出來，弄得整套衣服滿滿都是**糖粒**。

他一邊狼狽地撥走身上的砂糖，一邊期期艾艾地打招呼：「哎呀，是……是精靈屋的女孩們！很高興你們再次造訪，我……我先**清潔**一下衣服，失陪了！」

布頓廠長一反常態，平日的熱情和彬彬有禮

統統不見了，轉而 一縷煙 似的匆匆離開。四周原本在工作的小矮人都紛紛追在他後面，並唱着即興創作的歌：

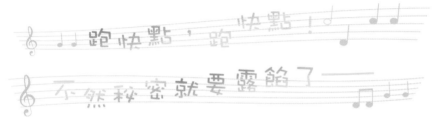

　　秘密、露餡……麗螢聽到了歌曲的 #關鍵詞，又看到布頓廠長慌慌張張的樣子，不由得興致高昂地說：「朱古力套裝的 秘密，我一定要把真相揭曉出來才行！」

　　布頓廠長顯然對精靈屋的女孩們有所隱瞞，因此 心虛 得不得了。他在工廠內繞了很多圈，確保沒有任何人跟在身後，才敢鬆一口氣。

布頓廠長恢復原本的**好心情**，幸好他及時逃之夭夭，不然朱古力套裝的秘密被發現的話……他**吹着口哨**走進辦公室，負責打掃的小矮人們前呼後擁，把他那件黏滿砂糖的外套脫下來。小矮人們列成一條長長的隊伍，以一個傳一個的方式，將外套運送到洗衣房**清洗**，並唱着即興創作的歌：

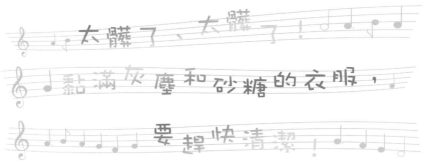

太髒了、太髒了！
黏滿灰塵和砂糖的衣服，
要趕快清潔！

這時候，精靈屋的女孩們恰好來到同一條走廊。她們原本打算到工房裏找找有沒有蛛絲馬迹

留下，想辦法**推理**🔍出布頓廠長用了什麼方法克服朱古力的厚薄難題，沒想到遇上了小矮人的清潔隊伍。

　　朱古力外套從一個小矮人手中，交到另一個小矮人手中，最後竟然**誤打*誤撞***，傳送到彩羽手裏了！

這是誰的衣服呢？繪鈴好奇地靠近細看，然後驚訝地 **大叫**：「我認得這個設計，是朱古力套裝的外套！」

彩羽把外套謹慎地檢查，震驚地揭曉 **真相**：「是布——這只是普通啡色布縫紉而成的衣服而已！」

繪鈴、麗螢和詩織恍然大悟，難怪布頓廠長將朱古力套裝穿上身後，還可以 **跑跑跳跳**，活動自如——因為根本不是用朱古力製作嘛！

精靈屋的女孩們怒氣沖沖地跑進辦公室，布頓廠長徹底嚇了一跳。他本來還想 **嬉皮笑臉** 地繼續掩飾，然而看到彩羽手裏的證據，深知極力隱瞞的秘密已經被識破了。

詩織氣憤得眼泛淚光，💔**心痛**地質問：「為什麼要瞞着我們公布朱古力套裝完成了？為什麼不惜説謊也要急於公布呢？」

布頓廠長心虛地繼續狡辯：「反⋯⋯反正隔着網絡，大家又不會到工廠來，誰也不會被發現這是 **謊言** ⋯⋯」

彩羽聽不下去，失望地問：「為了得到大家的關注、維持名氣而説謊，試想像一下，一直以來信任你的人會有多**失望**？」

布頓廠長強行裝出理直氣壯的模樣，委屈地反駁：「我⋯⋯我也沒辦法啊！套裝的製作進度**拖延**太久了，這段時間我每天都看着『IF』上關於工廠的話題愈來愈少，要是不再做些什麼屬

害的東西，大家就不會再💗關注我了！」

　　麗螢諷刺地鼓掌，她抑壓着怒火，語氣平靜地問：「現在大家都來關注你了，然後呢？下次你又要做出什麼**稀奇古怪**的事來博取關注？」

為了追求名氣而不再腳踏實地做出成果來，這不是本末倒置嗎？

布頓廠長被反問得**啞口無言**，他頹然蹲坐下來，沮喪地説：「可是名氣下滑的話……」

　　一直默不作聲的繪鈴，她看着**抱頭叫苦**的布頓廠長，簡直猶如看到稍早之前的自己——為了追求虛無的認同與關注而漸漸迷茫不已。

　　繪鈴坐在布頓廠長身旁，拿出一張皺巴巴的設計圖，**身同感受**地説：「我啊，最近也一樣，因為很擔心沒有人再欣賞自己，所以拚命畫了很多很多幅設計圖。雖然畫了那麼多，可是根本沒有一幅**打從心底**喜歡的，我覺得這樣好難過……」

　　布頓廠長沒想到自己的心情會換來共鳴，終於不再強詞奪理，打開心扉道歉：「**對不起**，其實我在直播説謊之後，也覺得好難過……名氣就

像雙面刃，它的確是進步的推動力，然而一旦太在乎就會變成壓力，甚至令人**迷失**方向，做出這種錯誤的判斷來，我真的很後悔……」

　　繪鈴忽然想起柏朗的話，於是借花敬佛般複述一遍：「網絡的熱潮總是來去匆匆，只要做好自己，一定會有**真正**欣賞你的人留下來啊。」

　　彩羽循循善誘地問：「一直以來，布頓朱古力工廠都以神秘見稱，為什麼忽然一改作風**高調**起來呢？名氣真的是你渴望的東西嗎？如果能找出心底最**渴望**的究竟是什麼，說不定就不會迷失方向了。」

　　詩織也動之以情地鼓勵布頓廠長：「比起浮誇好看，我還是比較喜歡樸素好吃的朱古力！我真

的非常期待那款研發中的限定版朱古力啊！」

　　精靈屋的女孩們得到布頓廠長的道歉，也終於**釋懷**了一點。麗螢更主動朝布頓廠長伸出手，握手言和。

　　謊言事件總算是圓滿落幕，此時小矮人跑來奉上道歉用的**糖果籃** 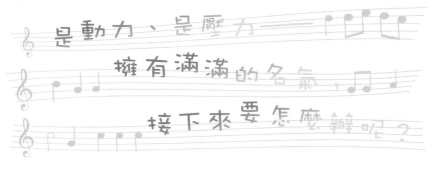，並唱着即興創作的歌：

第六章

廠長的怪誕直播

叮叮咚———

這天「IF」傳來了通知，布頓朱古力工廠再次舉辦網上直播。收到通知的追隨者打開直播畫面，只見以往總是活躍又帶點怪誕的布頓廠長，如今一臉 **嚴肅** 地坐在鏡頭前，好像有非常重大的事情要宣布。

他依然頭戴朱古力帽子，身穿風靡網絡的朱古力套裝。不過，畫面中還有另一套同款的朱古力套裝，正由假人**筆挺**地穿上，擱在一旁。

究竟布頓廠長又打算發表什麼驚人傑作呢？網絡群眾完全猜不透布頓廠長的行事作風，一時間直播的聊天室湧現了大量**討論**和**猜測**。

正當大伙兒都**引頸以待**，布頓廠長終於說話了：「這次是我最後一次直播了。」

這番話猶如一石激起千重浪，直播觀眾紛紛大為**震驚**，立即在聊天室留言，除了表示惋惜和不捨，還有非常多人在追問：「為什麼？」

布頓廠長將這段時間的心情轉折，娓娓道來：「我一直沒怎麼花心思經營『IF』的帳號，一心只想做出最美味的**糖果**。後來帽子實在太殘舊了，於是我聽從了小矮人們的建議，舉辦了帽子設計大賽，更因此收獲了意料之外、空前絕後的**支持**。」

這個時候，聊天室又不停跳出了大量留言，很多觀眾**急不及待**地表示：「我們原本就很

喜歡布頓朱古力工廠出品的糖果呢！」

布頓廠長看到這些回應，**彬彬有禮**地道謝：「我知道，你們的支持我都收到了，謝謝！只是我也想向大家坦白，當無形的支持化成看得見的追隨人數和讚好數字後，我便**迷失**了方向，每分每秒想盡辦法將那些數字往上推——結果，我一時動了歪念，對大家說謊了。」

說罷，布頓廠長走到鏡頭前，拉拉扯扯自己身上的朱古力套裝，觀眾們漸漸意會過來，驚訝地揭開真相：「這只是一件由普通的布，**縫製**出來的普通衣服而已！」

布頓廠長點點頭，承認了大家的猜想，十分內疚地說：「對不起，**我說謊了**！真正的朱古

力套裝是我身旁這套，它有着尚未克服的難題，因此我無法穿到身上⋯⋯大家一直相信布頓朱古力工廠，也一直相信我，我卻輕率地欺騙了大家，請容我再次説聲對不起。」

　　他脱下帽子，對着鏡頭深深地鞠躬道歉，並繼續深切反省：「我太心急，太渴望得到大家的關注了，究竟為了什麼呢？這段時間我好好思考過了，名氣並不是我最渴望的東西，我真正渴望的，其實只是希望有更多人品嘗我製作的糖果，帶給更多人快樂而已。」

　　這也是布頓廠長最初創立工廠的原因——夢想製作出世上最美味的朱古力，令吃過的人感到滋味無窮，滿載幸福♥。

他**沉醉**在回憶中不久，小矮人們便敲敲門走進房間，並唱着即興創作的歌：

布頓廠長重新戴上帽子，並向大家承諾：「藉由這次過失，我會回歸以前的**作風**，專注生產糖果和朱古力，所以這是最後一次見面了。」

他轉身背向鏡頭，漸走漸遠，正當觀眾以為這次直播要結束了，紛紛在聊天室依依不捨地道別之際，布頓廠長忽然**停**下腳步。

他沒有回頭，繼續背向觀眾，耐人尋味地問：「網絡名氣令我差點走上歧途，可是網絡名氣真的只有壞處嗎？我確確實實得到了前所未有的

關注，現在只要我說一句話，都會引起人們熱烈討論，因此我也在思考——當我擁有了如此巨大的　號召力，要如何正常運用這份力量呢？」

布頓廠長一說完，便舉高手彈指一響，放在鏡頭前的那套朱古力套裝，居然連同假人一起融化了！

原來假人也是朱古力製作而成，不僅如此，整個房間的牆壁和擺設都統統融化了，所有東西變回了朱古力漿，緩緩流進朱古力製造機裏頭，轟隆隆的變成一顆又一顆的朱古力糖果！

布頓廠長沉重又愧疚的表情消失了，取而代之的是他招牌的歡樂笑容，高聲大叫：「現在，請大家從電話抬起頭來，看看天空！」

聽到布頓廠長的請求，不論是身在家中的、辦公室的、街上的、餐廳的……身在**夢想城鎮**裏不同角落的人們，不約而同抬頭望向天空——

只見藍藍的天空下，一艘色彩繽紛的**熱氣球**隨風飄浮，所到之處灑下了方才直播中看到的朱古力！朱古力包裝得鮮艷奪目，就像是**彩虹**化成的糖果雨，人們紛紛跑到街上，往天空伸手迎接，場面充滿歡笑，熱鬧得猶如一場節日慶典。

布頓廠長原來早已在**熱氣球**上，他直接用廣播器，對着夢想城鎮的居民熱情呼籲：

「大家也從今天起，為身邊的人帶來**歡樂**吧！」

直播就在大家充滿 **驚喜** 之下結束了，雖然這次沒有浮誇的衣服，不過他實際又真誠的行動贏來了更多的迴響。即使事隔一段日子，只要提及熱氣球灑下朱古力，大家仍然 **津津樂道**，回味不已。

如今彩羽看着藍天，彷彿仍然能看到那日熱氣球飄過的情景，哭笑不得地説：「沒想到布頓廠長依舊貫徹他的 **怪誕** 作風呢。」

今天放學，彩羽、麗螢和詩織在活動室裏無所事事地閒聊。

自從布頓朱古力工廠回復 **神秘**，精靈屋的熱潮也很快退下來了。再者，繪鈴下定決心，把那些只為滿足大眾而忽略個人喜好的設計圖全

部**刪除**掉，於是一些當初只想盲目跟隨潮流和追求刺激怪誕的追隨者都跑光了，一下子又恢復到**冷冷**清清的狀態。

三人說說笑笑了一會，不約而同嘆了一口氣……**真的好悶啊。**

麗螢如今才懂得布頓廠長那番話，並深感認同：「布頓廠長說得對，不能完全否定名氣，畢竟網店的人氣長期低迷還是令人挺苦惱。」

詩織趴在桌面上，享受着此刻的日光與寧靜，**懶洋洋**地問：「說起來，繪鈴不是說有事要找我們嗎？明明是她要求我們在活動室集合，為什麼自己卻遲到了？」

無獨有偶，此時活動室外傳來**活潑**的

腳步聲，縱使彩羽、麗螢和詩織還未看到來者，便已經知道是誰來了。

繪鈴**精神奕奕**地打開門和打招呼：「大家午安，久等了！」

這次連彩羽也不知道她在賣什麼關子，因此**好奇**地追問：「繪鈴，你找大家過來，是有什麼事嗎？」

繪鈴點點頭，一邊打開書包翻找，一邊若無其事地説：「早陣子，布頓廠長又再聯絡我呢！」

三個女孩非常驚訝，**異口同聲**地問：「什麼？」

繪鈴繼續悠然地説：「他説真的衷心欣賞那件朱古力套裝，向我們提議不如在工廠創立一個

時裝部，當然是用普通的朱古力色系布料——不過，我 **拒絕** 了呢。」

彩羽、麗螢和詩織默默聆聽着，誰也沒想到繪鈴已經把 **千載難逢** 的邀請拒絕掉了。

繪鈴有點尷尬地抓抓頭，傾訴心中所想：「得到名氣當然很高興，可是我仔細想過了……我心底最渴望的，其實只是希望和大家一起，開開心心地 **做衣服** 而已。」

沒錯，開開心心地做衣服，和大家一起慢慢經營小精靈裁縫屋。終有一天，精靈屋也會累積到一群真正懂得 **欣賞** ♥ 她們的人吧？

看到繪鈴終於想通了，不再盲目追求人氣，彩羽、麗螢和詩織不禁放下 **心** 頭大石，

微笑起來。

此時，繪鈴終於在書包拿出了一大塊朱古力，並正式向彩羽、麗螢和詩織道歉：「對不起，這陣子我只顧追求名氣，害你們擔心了。」

詩織一眼便看出這塊朱古力大有來頭，乍驚乍喜地歡呼：「這不就是限定版朱古力嗎？昨天一開售便大排長龍，想買也買不到！」

大家急不及待地掰下一小格，唯獨她們將朱古力放進嘴巴時，雀躍的表情瞬間垮下來。

詩織瞇起眼睛，忍不住評價：「好苦啊！」

麗螢苦到木無表情，唏噓地説：「這陣子的苦，都不及這朱古力苦。」

繪鈴懊惱地説：「這下慘了，我還送了一塊給

柏朗呢！他會不會以為我故意**作弄**他——」

　　聽到四位小女孩怨聲載道，原本在一旁備課的家政老師忍不住哈哈大笑。她打開雪櫃，取出烹飪課的剩餘食材，準備**大顯身手**地説：「苦苦的朱古力其實很適合做甜點啊，老師來教你們製作心太軟朱古力**蛋糕** 吧！」

　　繪鈴和詩織馬上垂涎三尺，她們正打算幫忙處理食材，這才想起今天沒有家政課，她們沒有帶上圍裙。沒有**圍裙** 的話，就不能靠近料理台了，真是可惜啊……

　　這個時候，彩羽**早有準備**似的，拿出四件整潔的衣服分派給大家——原來是早陣子繪鈴設計的甜品師服飾！

彩羽 **害羞** 地解釋：「因為這陣子終於清閒下來，所以悄悄做好了……」

繪鈴和詩織忍不住飛撲過去，抱住了彩羽，
激動地說：「彩羽真是我們的小天使🪽🪽！」

大家一起換上另一套整潔的制服，化身成小小的**甜品師** ，依照家政老師的教導，一起製作心太軟朱古力蛋糕。雖然大家手法生疏，意外百出，然而過程十分開心，甚至把這陣子的壓力**一*掃*而空**。

最後，四個女孩一同把蛋糕放進嘴巴，舌尖上瀰漫着甜甜又幸福的滋味，令她們滿足地稱讚：「布頓朱古力工廠的朱古力，果然最好吃了！」

小精靈裁縫屋

03 朱古力廠長的帽子

作　　者：灝霜

插　　圖：魯賓尼

責任編輯：林沛暘

美術設計：雅仁

出　　版：明窗出版社

發　　行：明報出版社有限公司

　　　　　香港柴灣嘉業街 18 號

　　　　　明報工業中心 A 座 15 樓

電　　話：2595 3215

傳　　真：2898 2646

網　　址：http://books.mingpao.com/

電子郵箱：mpp@mingpao.com

版　　次：二〇二四年六月初版

ＩＳＢＮ：978-988-8829-33-0

承　　印：美雅印刷製本有限公司